最新经典

POP

实战详解

吴京徽/主编　孙志宏　尹国威/副主编

化学工业出版社

·北京·

编写人员名单（排名不分先后）

吴京徽　孙志宏　尹国威　山长江　夏文娟
赵　燕　王鹏程　高　原　张　丛　周鸿雁

图书在版编目（CIP）数据

最新经典POP实战详解 / 吴京微主编. —北京：化
学工业出版社，2011.2
ISBN 978-7-122-10411-3

Ⅰ. 最… Ⅱ. 吴… Ⅲ. 广告－设计 Ⅳ.J524.3

中国版本图书馆CIP数据核字（2011）第009199号

责任编辑：徐华颖　　　　　　　装帧设计：新风尚动漫设计有限公司
责任校队：边涛

出版发行：化学工业出版社　　（北京市东城区青年湖南街13号　邮政编码100011）
印　　装：北京画中画印刷有限公司
720mm×1000mm　1/16　印张9　字数190千字　2011年5月北京第1版第1次印刷

购书咨询：010-64518888（传真：010-64519686）　售后服务：010-64518899
网　　址：http://www.cip.com.cn
凡购买本书，如有缺损质量问题，本社销售中心负责调换。

定　价：36.00元　　　　　　　　　　　　版权所有　违者必究

POP是英文"point of purchase"的缩写，意为"卖点广告"或者叫"店头广告"。它的用途非常广泛，同时也是美术行业中比较容易入门的一门手艺，但想要精通的话，还是需要坚持不断地学习和练习。

目前市面上分门别类讲解POP的书很多也很杂，但是能全面、系统地讲解POP的书并不多。所以，我们编制了这本适合POP爱好者自学和POP美工参考的教材。

本书用简单易懂的语言对手绘POP和电脑POP的字体、插画、版式设计、色彩搭配、海报制作等方面由浅入深地进行实例讲解与分析，在延续传统POP的绘画方法和思路的同时更多地融入了漫画、平面设计等行业的创意和内容。

希望能够做到让喜爱POP的初学者看过本书之后，可以很全面地了解POP，同时可以自由地创作POP海报，真正得到收获与提高。

编　者

CONTENTS

一、POP基础入门

POP 的起源

POP广告起源于美国的超级市场和自助商店里的店头广告。1939年,美国POP广告协会正式成立后,自此POP广告获得正式的地位。

20世纪30年代以后,POP广告在超级市场、连锁店等自助式商店频繁出现,于是逐渐为商界所重视。60年代以后,超级市场这种自助式销售方式由美国逐渐扩展到世界各地,所以POP广告也随之走向世界各地。

POP广告只是一个称谓,这一概念在中国出现较晚,但是就其形式来看,在我国古代,酒店外面挂的酒葫芦、酒旗,饭店外面挂的幌子,客栈外面悬挂的幡帜,或者药店门口挂的药葫芦、膏药或画的仁丹等,以及逢年过节和遇有喜庆之事的张灯结彩等,都可谓POP广告的鼻祖。

它的形式有户外招牌、展板、橱窗海报、店内台牌、价目表、吊旗甚至是立体卡通模型等。

常用的POP为短期促销使用,其表现形式夸张幽默,色彩强烈,能有效地吸引顾客的视点,唤起购买欲,它作为一种低价高效的广告方式已被广泛应用。

从最初简单的符号线条到现在的图文并茂,日趋完美。随着商品经济的高度发展,POP不仅是一种艺术形式,它已同商业文化水乳交融,体现着企业精神的内涵,体现着时代的文化特征,它必将成为人类文化中一条美丽的风景线。

Tips

POP是英文"point of purchase"的缩写,意为"卖点广告"或者叫"店头广告",其主要商业用途是刺激引导消费和活跃卖场气氛。

POP 的种类

近几年来，POP广告已经成为发展最快，普及最广泛的广告形式之一。它虽然不具备电视、报纸广告广泛的覆盖力，但是它是一种最具适应力的宣传媒体，可以根据不同的宣传场合而设计出不同的广告。

● 商场POP的分类介绍

市面上所能见到的POP广告种类很多，下面从POP广告设计的角度主要介绍三种不同的分类形式。

1. 按时间性来进行的分类

POP广告在使用过程中的时间性及周期性很强。按照不同的使用周期，可把POP广告分为三大类型，即长期POP广告、中期POP广告和短期POP广告。

中期POP广告

中期POP广告是指使用周期为一个季度左右的POP广告类型。其主要包括季节性商品的广告，商场以季节性为周期的POP等。

长期POP广告

长期POP广告是使用周期在一年以上的POP广告类型。其主要包括门招牌POP广告，柜台及贷加POP广告、企业形象POP广告。

短期POP广告

短期POP广告是指使用周期在一个季度以内的POP广告类型。如柜台展示POP展示卡、展示架以及商店的大减价、大甩卖招牌等。

2. 按材料的不同来进行分类

POP广告所使用的材料也多种多样，根据产品不同的档次，可有高档到低档不同材料的使用。就一般常用的材料而言，主要有金属材料、木料、塑料、纺织面料、人工仿皮、真皮和各种纸材等。其中金属材料、真皮等多用于高档商品的POP广告。塑料、纺织面料、人工仿皮等材料多用于中档商品的POP广告。像真丝、纯麻等纺织面料也同样属于高档的广告材料。而纸材一般都用于中、低档商品和短期的POP广告材料。由于纸材的加工方便，成本低，所以在实际运用中是POP广告大范围所使用的材料。

3. 按陈列位置和陈列方式的不同来进行的分类

POP广告除使用时间的特殊性外，其另一特点就在于陈列空间和陈列方式上。陈列的位置和方式不同，将对POP广告的设计产生很大的影响。可把POP广告分为柜台展示POP、壁面POP、天花板POP、柜台POP和地面立式POP五个种类。

按照陈列位置和方式区分不同种类的POP广告，在材料选择、造型、展示等方面将有很大的区别，这对于POP广告设计本身是至关重要的，所以下面以上几个种类为线索，并参考POP广告的时间性和材料性来进行分析与讲解。

柜台展示POP是放在柜台上的小型POP广告。由于广告体与所展示商品的关系不同，柜台展示POP又可分为展示卡和展示架两种。

展示架

展示架是放在柜台上起说明商品价格、产地、等级等作用的。它与展示卡的区别在于：展示架上必须陈列少量的商品，但陈列商品的目的，不在于展示商品本身，而在于以商品来直接说明广告的内容，陈列的商品相当于展示卡上的图形要素。

壁面POP广告

壁面POP广告是陈列在商场或商店壁面上的POP广告形式。

运用于商场的壁面POP，在形式上有平面和立体两种形式。

展示卡

展示卡可放在柜台上或商品旁，也可以直接贴在稍微大一些的商品上。展示卡的主要功能以标明商品的价格、产地、等级等为主，同时也可以简单说明商品的性能、特点、功能等简要的商品内容，其文字的数量不宜太多，以简短的三五个字为好。

吊挂POP广告

吊挂POP广告是对商场或商店上部空间有效利用的一种POP广告类型。

吊挂POP广告是在各类POP广告中用量最大、使用效率最高的一种POP广告。在空间的向上发展方面占有极大优势。从展示的方式来看，吊挂POP除能对顶界面直接利用外，还可以向下部空间作适当地延伸利用。所以说吊挂POP是使用最多、效率最高的POP形式。

吊挂POP的种类繁多，从众多吊挂POP广告中可以分出两类最典型的吊挂POP形式，即吊旗式和吊挂物两种基本种类。

吊旗式

吊旗式是在商场顶部悬挂的旗帜式的吊挂POP广告，其特点是以平面的单体向空间作有规律的重复，从而加强广告信息的传递。

吊挂物

吊挂物相对于吊旗来讲是完全立体的吊挂POP广告，其特点是以立体的造型来加强产品形象及广告信息的传递。

POP 海报的构成要素

一张完整的POP包括文字、插图、装饰三大要素。文字内容要包括主标题、副标题、说明内容等。

下面具体看一下一张POP海报中都有哪些组成部分。

1. 主标题

主标题相当于这个海报的主角，是最能吸引人的地方，所以字体一定要醒目、清晰、容易阅读，字数不要过多，简单明了突出主题，以2秒钟左右读完为好。

2. 副标题

副标题主要是对主标题进行进一步的解释和说明，同时也为了使内容更吸引消费者的注意，使用副标题有加强效果的作用。

3. 说明文

文案部分主要是起到说明和解释的作用。语言要简明扼要，避免语句不顺。最具魅力的信息应写在前面，诱使读者往下阅读。书写行数尽量在7行之内，每行不要超过15字。

4. 插图

用图示的方法展示正文的内容，形象、直观。单纯以文字表现的POP看起来单调无趣，借助插图吸引消费者。

POP 的功能与应用

唤起消费者潜在购买意识的功能

POP广告是大众传播广告的补充工具。厂商运用各种宣传手段传达企业印象及商品印象给消费者。当消费者走入商店，面临决定购买时的一刹那紧要关头，可用POP广告唤起消费者的再记忆，使之真的购买该厂商产品，促成购买行动。

新产品告知的功能

POP广告能促进顾客对商品注目与理解，当新产品出售之时，配合其他大众宣传媒体，可以吸引消费者视线，刺激其购买欲望。如利用有趣插图、文案、色彩等。

取代售货员的功能

POP广告有"无声的售货员"和"最忠实的推销员"的美名。当新产品登陆，POP广告能及时准确地告知消费者。POP广告经常在超市使用，由于超市是自选购买方式，当消费者面对诸多商品而无从下手时，摆放在商品周围的一则杰出的POP广告，不断地向消费者提供商品信息，可以起到吸引消费者，促成其购买决心的作用。

创造销售气氛的功能

利用POP广告强烈的色彩、美丽的图案、突出的造型、准确而生动的广告语言，可以创造强烈的销售气氛，吸引消费者的视线，促成其购买冲动。

提升企业形象的功能

国内的一些企业，不仅注意提高产品的知名度，同时也很注重企业的形象的宣传。POP广告同其他广告一样，在销售环境中可以起到树立和提升企业形象，进而保持与消费者的良好关系的作用。

二、POP常用工具

POP 手绘画笔

绘制一张精美的POP海报，可以利用以下的工具来混合搭配，不限定一定要利用某一种特定的工具，这些都是完成一张POP手绘海报的基本工具，可以在美术用品专卖店或是书店中买到。

● 马克笔

又称麦克笔，有水性和油性之分，能迅速地表达效果，是当前POP美工最主要的绘图工具之一。

1.水性马克笔

水性马克笔的颜料为水性，不防水，应配合油性勾线笔使用。水性马克笔适合于在表面光滑的纸张上使用，通常采用的是铜版纸。

2.油性马克笔

油性马克笔快干、耐水，且耐光性相当好，是制作POP海报的必备工具。

● 双头马克笔

有进口和国产两大类。这种笔两头都有两个笔头，一边是8mm的宽笔头，另一边是2mm的圆笔头。两个笔头可以互相配合使用，表现力丰富。此种画笔有上百种颜色可供选择，并且有补充液可以使用。美国和日本的牌子相对较贵，韩国和国产的价格比较合理，适合初学者练习。

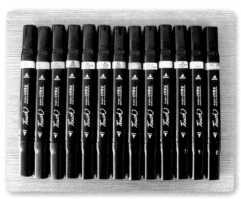

单头马克笔

有不同的型号，可根据要书写的字体大小来选择不同宽度的笔头。可选颜色较少，大都是比较常用的颜色，如蓝色、红色、绿色等。

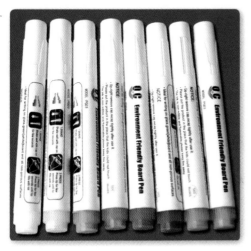

记号笔

经济耐用。颜色很少，只有黑色、蓝色和红色。记号笔为油性，也有两个笔尖，规格和双头马克笔完全一样。这种笔笔尖的纤维十分密实，能够经得住长时间的挤压和摩擦。

勾线笔

勾线笔两头的笔尖都是圆的，分别为2mm和5mm。用来书写细小字体。

荧光笔

荧光笔为水性，8种颜色，颜色轻盈透明，具有荧光效果，常用来作字体装饰。

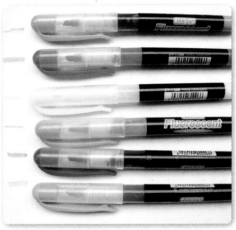

软笔

有仿毛笔效果的尼龙笔头，笔管里储存墨水。可直接书写，不必像毛笔一样必须蘸墨水。优点是使用方便，但是不能完全达到毛笔的效果。

平头水粉笔

这种笔的笔头较宽，和宽头马克笔类似，书写方法也大致相同，可以代替昂贵的马克笔，只是由于笔头质地较软，掌握起来难度稍微大些。

彩色铅笔

彩色铅笔色彩柔和，风格纯朴，是插图画家重要的画具之一。用彩色铅笔既可以绘制出厚重的写实风格的作品，也可以轻描淡写绘制出轻盈透明的作品。市场上的彩色铅笔品种很多，质量良莠不齐。彩色铅笔中含有较多蜡的成分，不适合在光滑的纸张上面使用，应选择表面粗糙的纸，例如图画纸、素描纸、水彩纸等都可以。

其他辅助工具

水彩颜料、广告色颜料、橡皮、美工刀、铅笔。

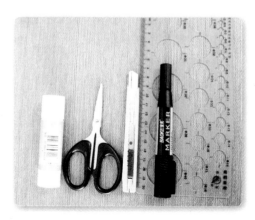

POP 其他辅助工具

● 电脑

现在更多的艺术家开始从事数位艺术。脱离了笔墨纸砚旧式工具，取而代之以电脑绘画。

● WACOM的数位板

市面上有不少手写板产品，但建议还是选择WACOM的数位板，目前影拓系列比较不错。

● 扫描仪、打印机

扫描仪和打印机是漫画从业者必备的设备，建议买扫描打印一体机，这样能节省些开支。

POP 手绘纸张

广告纸

广告纸分为双面白纸板和单面白纸板，双面白纸板只有用于高档商品包装时才采用，一般纸盒大多采用单面白纸板。

胶版纸

主要是单面胶版印刷纸。纸面洁白光滑，但白度、紧度、平滑度低于铜版纸。超级压光的胶版纸，它的平滑度、紧度比普通压光的胶版纸好。

瓦楞纸

瓦楞纸在生产过程中被压制成瓦楞形状，制成瓦楞纸板以后它将增强纸的板弹性、平压强度，并且影响垂直压缩强度等性能。瓦楞纸纸面平整，厚薄要一致，不能有皱折、裂口和窟窿等纸病，否则增加生产过程的断头故障，影响产品质量。

铜版纸

将颜料、黏合剂和辅助材料制成涂料，经专用设备涂布在纸板表面，经干燥、压光后在纸面形成一层光洁、致密的涂层，这样就获得表面性能和印刷性能良好的铜版纸。

牛皮纸

牛皮纸是用针叶木硫酸盐本色浆制成的质地坚韧、强度大、纸面呈黄褐色的高强度包装纸，从外观上可分成单面光、双面光、有条纹、无条纹等品种，质量要求稍有不同。

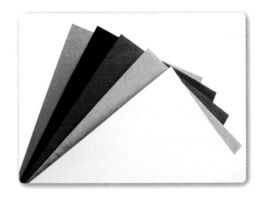

三、POP版面设计

POP 版面的设计

版式设计，即是在有限的空间里，将文字、图片图形、线条装饰框和颜色色块这些因素根据特定内容进行排列组合，并运用造型要素及形式原理，把构思与计划以视觉表现出来。排版时要做到趣味性与统一性，艺术性与装饰性，独创性整体性与协调性。设计的目的不是排版，而是为了向读者传播信息所采取的手段。所以必须明确客户的目的，做到主题的突出，增加读者的注意力和理解力。

POP 版面的尺寸

POP海报的版式根据海报的内容和张贴海报的位置决定海报的造型，这样海报的特点也就会突出。要制作一张POP海报，首先要确定它的张贴位置然后再设计它的尺寸大小。在不同的地方可以灵活选择横版和竖版的POP版面。

● 根据版式配置

灵活运用版面元素进行组合做出自己风格的POP海报。

 横向

纵向

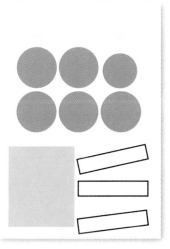

🖊 文字突出

　　POP文字排版主要是以文字为主的版式设计。文字在POP海报设计中不仅仅局限于传达信息，更是一种时尚的艺术形式表现。文字是版面的核心，也是视觉传达最直接的表现。经过精心地设计与处理，文字材料完全可以制作出效果很好的版面，插图则作为辅助部分进行理。

图片为主的pop

图片为主的POP是在排版过程中，主要以图片为主文字为辅的版面形式。由于图片占有大比重位置，所以图片的视觉冲击力要强，这样整幅POP作品视觉感就很强。图片的功能主要是辅助文字起到解释说明的作用，更可以使版面立体真实。

✎ 押图技巧

色块背景构图有很多的表现形式，比较常用的有标题压色块、插图压色块、正文压色块、上下压色块、左右压色块、对角压色块、中间压色块和随意压色块等八种形式。

对比色风格的手绘POP海报，可以让画面色彩更鲜明，对比更加强烈，大大增加了画面的视觉冲击力。

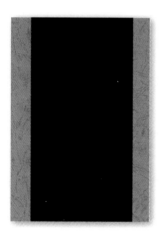

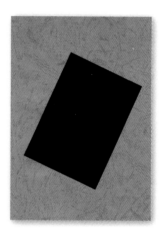

四、POP色彩表现

POP 海报的色彩表现

一个醒目的POP，色彩搭配也是非常重要的。色彩有各种不同的心理效果，情感效果和联想效果，要掌握颜色的属性、色感、搭配等方面的技巧，正确地运用，使POP更漂亮，并符合人们的日常审美。

色彩的三个基本要素：色相、明度、纯度。

色相

颜色的属性，用来辨别色彩的样貌。基本色相为红—橙—黄—绿—篮—紫。每两个颜色之间，按照不同的比例互相融合过度，就可以划分出红—橙红—橙黄—黄—黄绿—绿—绿蓝—蓝绿—蓝—蓝紫—紫—紫红12个色相。

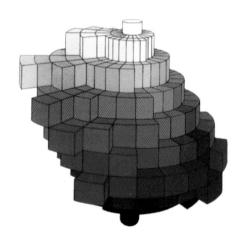

明度

指色彩明亮的程度。在现代色彩学中，色彩被分为两大类，即无彩色系和有彩色系。无彩色系指黑和白以及各种灰色，除了无彩色系之外的所有色彩都被称作有彩色系。无彩色系中明度最高的是白色，明度最低的是黑色，灰色则按照黑白过度的顺序，改变明度。对于有彩色系，明度越高，颜色越轻、越淡、越薄；明度低的色彩，颜色越重、越浓、越厚重。有彩色系的明度根据混入黑色的多少产生明度变化。

纯度

纯度用来表现色彩的鲜艳和深浅程度。纯度最高的色彩是未经调和的原色，掺入白色或黑色之后，颜色的纯度就会降低。随着纯度的降低，颜色就会逐渐失去鲜艳，最后变成无色彩。

色彩感觉

根据色彩对人们心理效果和情感效果的影响，在设计时，要透过色彩引起消费者的共鸣。通常在性别方面，女性喜欢柔和鲜艳的颜色，男性喜欢沉稳大气的颜色。年龄方面，小孩和年轻人喜欢抢眼花哨的搭配，老年人喜欢朴实稳重的搭配。季节方面则根据不同的代表颜色来选择，比如春天用绿色、夏天用蓝色，秋天用黄色，冬天用白色。不同的色彩作用会使人感到不同的心理感受和生理感受。因此，这里首先给大家讲的不是色彩的基本知识而是人们对于色彩的直观感受，使大家在学习海报设计时对于色彩色调的确定有一个大概的依据。

蓝色
　　代表沉静、凉爽、忧郁、理性、自由、冷静、寒冷，给人清凉、涩的感觉。

紫色
　　代表高贵、神秘、优雅、浪漫、迷惑、优柔寡断，给人娇香、幽深、古韵的感觉，节庆上适宜表现母亲节、情人节。

绿色
　　代表和平、希望、理想、成长、安全、新鲜、动力，给人以酸的感觉，季节上适宜表现春季，适宜表现圣诞节。

黑色
　　代表死亡、恐怖、邪恶、严肃、悲哀、绝望、孤独，给人焦味和苦味的感觉。

白色
　　代表纯洁、朴素、虔诚、神圣、虚无、广大，给人清香、肃静的感觉。

　　代表光明、快乐、温情、积极、活力、刺激、色情，感觉上给人以明亮和温暖，季节上适宜表现夏季。

红色
　　代表热情、喜悦、爆发危险、血腥。给人以浓香、腥味、辣味、热闹刺耳、烫的感觉。

橙色
　　代表喜悦、活泼、精力充沛、热闹、和谐。在节庆上适宜表现新年、中秋节、端午节。

POP 配色技巧

　　虽然一张色彩强烈并显眼的海报可以让我们很快注意到海报的主题，但是过于强烈的配色会让人产生不愉快的感觉，所以文字、图片和颜色和谐性是非常重要的。鉴于海报的作用和特点，彩底海报应遵循醒目、整洁、清晰、协调的原则。

1 注意色彩的统一和变化。在统一的同时选择一些与主色调搭配协调具有对比层次的色彩，确立和把握好整个海报版面的大色调。

2 色彩的搭配是在两种或两种以上的色彩之间进行的，这些色彩之间的配合要有主次之分。主体色与其他辅助色的搭配要注意冷暖、强弱、面积等的对比。

3 海报设计中任何色彩都要服从整体的版面布局。要注意标题、插图、饰框、说明文字、底色等诸多方面的综合考虑，而不能仅仅注意局部色彩的靓丽与否。

4 要作出色彩不俗的海报作品，除了要熟悉色彩搭配的基本原理以外，还要大胆融入自己的个性色彩观，使自己的海报作品更具活力和个性。

　　单一色彩很少使用，常常是一些色彩同时出现，因此在进行配色时必须注意配色是否恰当。在具备了一些色彩的基本知识后，就可以进一步研究一下色彩的配制。

无色彩与有色彩的配色法		无色彩系指黑、灰、白、金、银。无色彩的配色法是指任何一个颜色与无色彩系进行搭配的方法。无色彩系与任合一种色彩都能和谐搭配。当我们找不到合适的颜色搭配时，可考虑用无色彩的配色法，这种配色法是最稳妥的配色法。
类似色的配色法		用相近颜色相互搭配的配色方法，能营造出柔和、贴心、可爱、温馨的感觉，适合用于婴儿、女性服饰、化妆品、花艺等感觉上柔美的产品及行业领域上，但需注意所搭配的类似色明度差不可太相近。其整体感觉趋于平缓而缺少冲动，不适合用于前卫流行感强的设计。
补色的配色法		即红—绿、蓝—橙、黄—紫之间的配色方法。补色的配色法给人前卫、开朗、流行的感觉，适合用于餐厅及年轻人的领域。要注意色彩之间的对比关系，即色彩间的明度高低、纯度强弱、面积大小，使宾主的关系明确。
对比色的配色法		包括高纯度对比色的搭配、低纯度对比色的搭配和中纯度对比色的搭配，当然也包括不同纯度、明度的对比色搭配，应注意色彩之间的主次变化。此配色法是一种非常活泼灵活的配色方法，也是较不易学习的配色方法，应多加练习，配色的空间会更加广泛。

在24色环上间隔角度处于120°左右的一对色相，就是对比色相。对比色相邻搭配时，色相感强烈，要比邻近色对比鲜明、强烈、饱满丰富，容易使人兴奋激动，造成视觉上的疲劳。在间隔角度60°到90°之间的一对色相，就是中间色，属于色相的中对比。中间色相搭配的效果丰富活泼，既保持了统一，又克服了视觉不足的缺点。而相隔角度处于180°左右的一堆色相，就是补色色相。互为补色的两个颜色混合后呈现黑色。

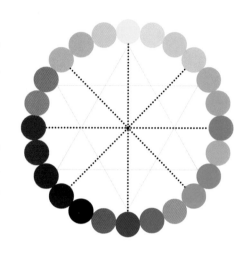

🖍 色相对比

中央的色块会因为周围的环境色而产生色相偏移。左图中央的黄绿色会偏黄、右图中间的黄绿色会偏绿。

🖍 明度对比

明度对比关系，用白色、黑色和灰色作对比。上面两幅图中间的灰色是同一灰度，但是右图中间的灰色显得更深。

🖍 纯度对比

中央色跟边缘色的纯度比较高，色彩显得很艳丽。

五、POP字体

 **POP 运笔**

想掌握手绘POP的技巧，首先要对书写文字的笔有所了解，下面结合图例为大家示范一下书写POP的正确用笔姿势和窍门，希望大家可以多加练习并达到灵活运用的目的。

采用自然轻松的姿势握笔。若感觉笔的重心不稳，握笔时可以尽量接近笔头，这样笔不会悬空，书写时才会稳定。正确书写POP一定要做到对笔画控制得当，以手臂带动手书写。如果使用转动手腕的方法书写，就会出现弧度或笔画粗细不一的现象。

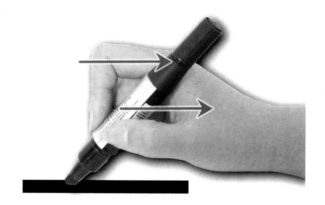

书写时，笔与纸张要呈45°，这样书写出的字体才会流畅。

在进行直角衔接练习时，横向笔画和纵向笔画的交接处要完全重叠，不要出现缺口。

错误的直接衔接是在横向笔画和纵向笔画交接处衔接不完整，并出现了缺口。

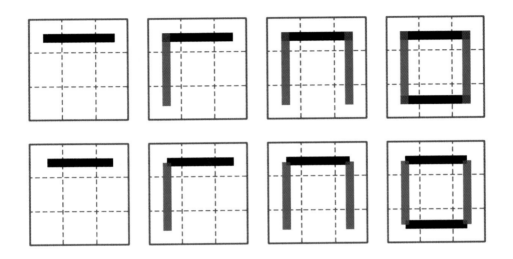

在进行圆角衔接练习时，衔接处要光滑圆润，横向笔画和纵向笔画的交接处要完全重叠，不要出现缺口，而且保持自然。

错误的圆角衔接是在横向笔画和纵向笔画交接处衔接不完整、不光滑，并出现缺口。

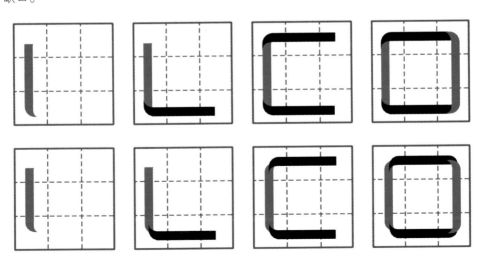

POP 书写技巧

● 正体字

正体字是POP里的基础字体，正体字是POP里最容易书写的一种字体，可以很容易地掌握它的书写规律。

✎ 正体字的特点

正体字结构严谨，横平竖直，比例均匀。书写时，要把笔画尽量拉伸延展到格子所允许的最大范围，并将原本弯曲的笔画尽量以直角处理，这样看起来会非常饱满。

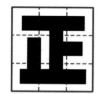 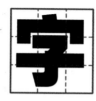  

✎ 正体字的书写

在书写正体字的过程中，要注意以下几点。

①书写顺序要从左至右，从上到下。

②书写期间，要根据笔画的方向改变握笔的姿势。

③每个字之间要大小相等，饱满并且填满字格。

④以起笔为准，判断字的比例。

从字的结构上分别讲解正体字的比例结构，有以下几种。

①左右结构。部首要跟字根保持同样高度，注意部首所占的比例。

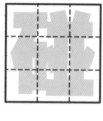  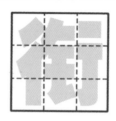 

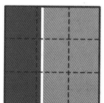 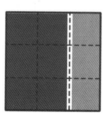 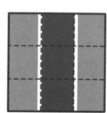 

②上下结构。部首要跟字根保持同样宽度，注意部首所占的比例。

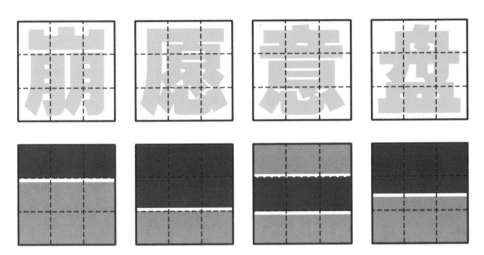

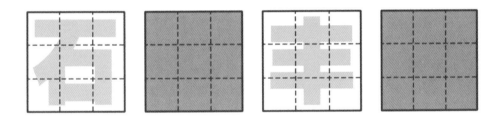

③独立结构。字体的笔画要尽量向格子四边延伸，字写到最大范围。

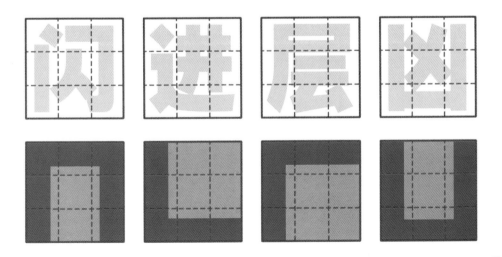

④半包围结构。虽然偏旁部首处在字根的不同位置，但是都要在格子内写到最高和最宽。

⑤全包围结构，要把作为偏旁部首的外框写到最大范围部分。

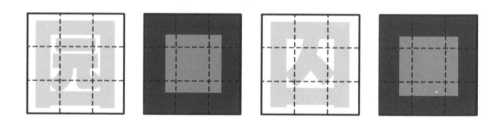

了解了整体字的书写规范之后，来看一些常用活体字的字帖。活体字是在正体字基础上演变而来的。

● 转角字

在书写POP字体时，如果文字中有横折的笔画出现，就把直角转变成圆角书写。

● 细折字

　　在书写POP字体的时候，如果文字中有横折和上提的笔画出现，就把它们画得细一点，形成横细竖粗的细折效果。

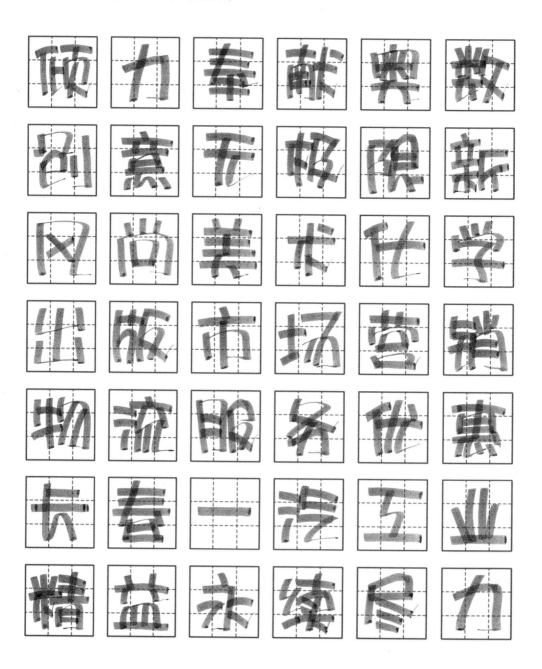

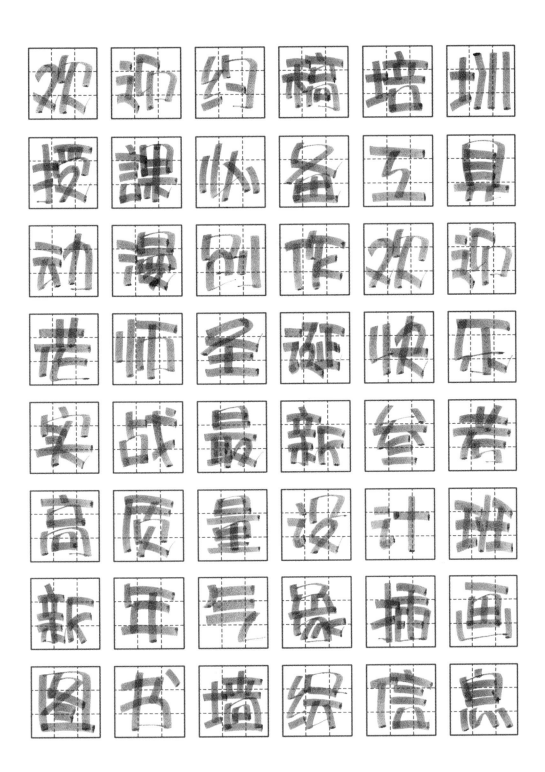

欢迎约稿培圳
授课以备工具
动海例作欢迎
老师空延快乐
实战最新叁差
高质量设计班
新年气氛插画
图书墙织信息

 字体装饰

对前面的基础字体掌握好了之后，就可以更深层地学习POP。POP之所以充满魅力，就是因为它的无穷变化，可以通过最基本的正体字和活体字做夸张变形和装饰。对于字体装饰来说有很多种方法，如果运用得当会使平淡的文字变得活泼、有生命力，以显现出与众不同的魅力。下面介绍几种常用的字体装饰特点。

打点字	
在文字出现"捺"笔画时做圆点处理。偏旁部首里的短笔画也可以做同样效果。	
空心字	
用铅笔起稿，麦克笔描边这种字更富创意和特点，也可添加一些图案使字体更生动活泼。	
胖胖字	
所有笔画加粗，直角变圆角。在笔画有所遮挡的时候把字的主结构放在前面。	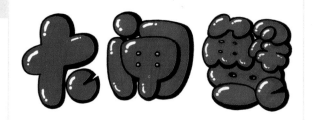
抖字	
文字笔画做波浪状处理注意不要破坏字体结构。	

拉长字

书写时拉长竖笔画，横笔画不变。字体排列时高低错落会比较美观。

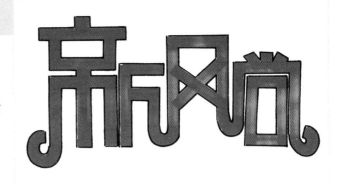

毛笔字

相较于传统的毛笔字，更注重装饰性，通常加粗横笔画，竖笔画和点变细。

钉头字

横竖笔画的起笔和收笔处以细短线封口，形似钉子的形状。

点线字

在字体的笔画中心处夹细线，通常使用与字体主题色形成对比的颜色。

◯ 手绘装饰步骤

1. 用黄色的油性马克笔书写好文字。

3. 用细勾线笔把文字的笔画按书写的顺序描边，并在笔画相接的部分模仿画出钉子的形状。

2. 用记号笔为文字的外轮廓描粗线，并在文字笔画转角的位置描第二层装饰细线。

4. 最后用橘黄色笔在黄色字上画出木纹的效果。

1 先用油性马克笔书写文字。

2 然后用浅色笔为文字外轮廓描边。

3 用马克笔较细的一段为文字做立体投影处理，最后用白色涂改液在文字内部做圆点装饰。

用马克笔书写文字之后，围绕文字的外轮廓做断框线处理，然后在文字与断框线之间填充颜色。

用油性马克笔书写文字，然后用记号笔较细的一端为文字描边。再用粗马克笔围绕描边文字的外轮廓描边，最后用白色修正液在笔画开端和收笔处修饰短白线。

1 先用铅笔在纸上画出草稿，草稿可反复修改直到达到想要的效果。

2 然后用马克笔较细的一端为草稿描边，然后用橡皮把铅笔的痕迹擦去。

3 用同色的马克笔加粗字的外轮廓，增强文字的重量感，外轮廓的粗细可自己调节。

● 电脑装饰步骤

1. 在Photoshop新建分辨率为300，宽27cm，高14cm的文件，选择字体为方正综艺体，打出 "新风尚"三个字。把字体栅格化之后，用自由变换工具改变其中两个字的大小和位置。

2. 使用描边功能为文字描边，并且使用路径工具在需要改动的部分为文字变形。运用空心圆设计把文字风格统一起来，注意首尾呼应，使单调的字体产生变化，形成特殊的字形。

3. 在字体空心处使用绿色渐变填充，在"风"字上部绘制一个动态感觉的火焰图案，起到强调的作用。字体的外轮廓用橘红色和黄色描边两遍，使颜色变化更丰富。

字体装饰框

　　POP海报中，除了文字和图片之外，通常也会使用边框线来装饰画面，它也起到对整个画面归纳和总结的作用，使海报的整体感更和谐统一。

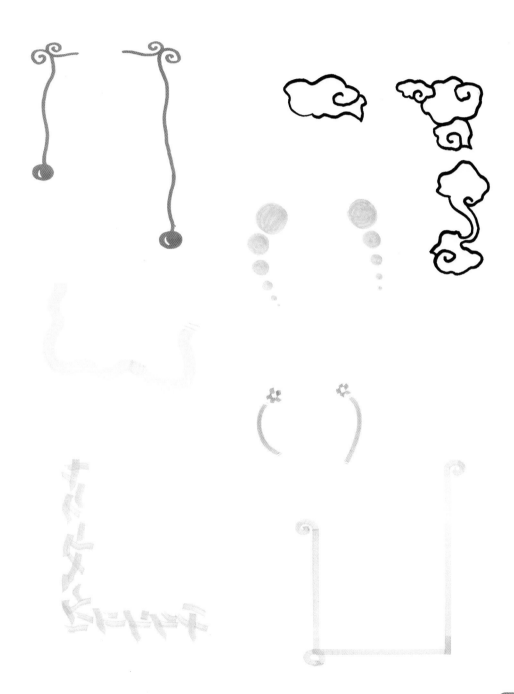

● 数　字

数字笔画简单，可以做很多种写法，如单改变笔画的粗细、长短等就可以有很多种变化。

1234567890

1234567890

1234567890

1234567890

1234567890

1234567890

○ 英 文 ○

　　绝大多数海报是以中文作为主要表现形式的，但是英文字体作为辅助穿插在其中，其作用也是不可忽视的。因为POP的风格活泼多变，所以可以把英文字体多做变化，让它们充满趣味性。

ABCDEFGHIJKLMNOPQRSTUVWXYZ

abcdefghijklmnopqrstuvwxyz

ABCDEFGHIJKLMNOPQRSTUVWXYZ

abcdefghijklmnopqrstuvwxyz

ABCDEFGHIJKLMNOPQRSTUVWXYZ

abcdefghijklmnopqrstuvwxyz

ABCDEFGHIJKLMNOPQRSTUVWXYZ

abcdefghijklmnopqrstuvwxyz

ABCDEFGHIJKLMNOPQRSTUVWXYZ

abcdefghijklmnopqrstuvwxyz

POP 装饰字体赏析

● 手绘装饰字体 ●

　　下面提供一些手绘装饰字体的范例，以便大家练习和参考。

新风尚

要艳人

竹林茶舍

味香居

路拳道

宠物医院

● 电脑装饰字体

下面提供一些电脑装饰字体的范例，以便大家练习和参考。

六、POP插画

POP 插图的定义与价值

　　对于一张完整的POP海报来说，插图是一个不可缺少的重要组成部分。它可以起到增加趣味性，调节单调的文字内容，同时可以更好地吸引消费者的注意，加强画面装饰效果的作用。在某些招贴海报中插图甚至比文字更重要。

　　因为POP海报一般都是近距离直面消费者，所以插图尽量避免粗糙。但是因为POP的速时性，也要避免插图过于精细复杂。

　　插图有很多种表现形式，下面主要介绍如何用手绘、剪贴和电脑的手法绘制插图。

POP 手绘插图

手绘人物插图的绘制

1 首先用彩铅画出草图。人物尽量
简化夸张，这样可以使造型更具
动感。

2 然后用勾线笔描边。轮廓的处理方
式最好采用外粗内细的表现形式。

3 用浅肉色水性马克笔画出人物
的皮肤底色。

4. 用蓝色和红色水性马克笔画出人物的头发、眼睛、眉毛和嘴。

5. 用三种不同颜色的水性马克笔画出人物的服装。

6. 最后画出人物皮肤和服装的阴影，来增强真实感。

● 手绘动物插图的绘制

1. 首先用彩铅画出草图。

2. 然后用勾线笔描边。轮廓
的处理方式最好采用外粗
内细的表现形式。

3. 用红色水性马克笔画出大虾的
外壳底色。

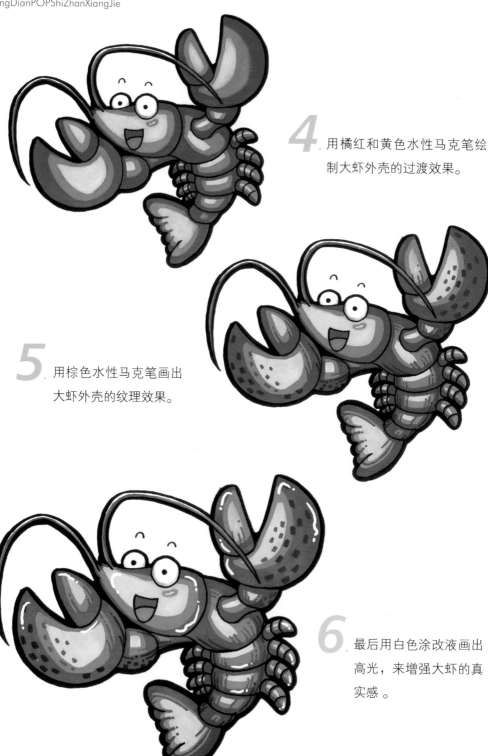

4 用橘红和黄色水性马克笔绘制大虾外壳的过渡效果。

5 用棕色水性马克笔画出大虾外壳的纹理效果。

6 最后用白色涂改液画出高光，来增强大虾的真实感。

下面提供一些手绘插图的范例，以方便大家练习和参考制作。

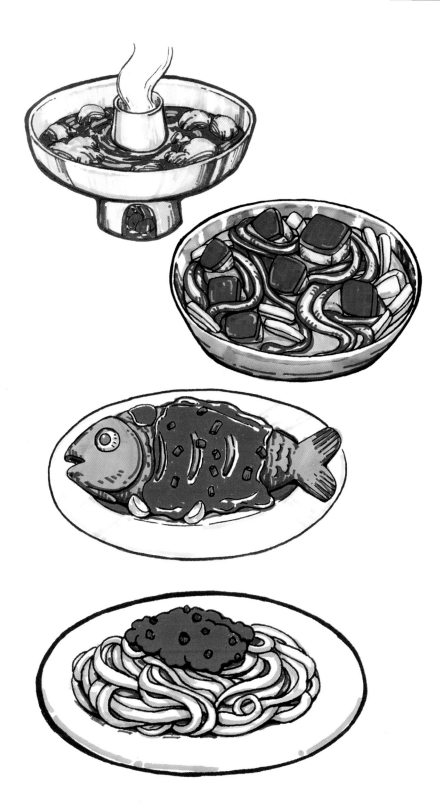

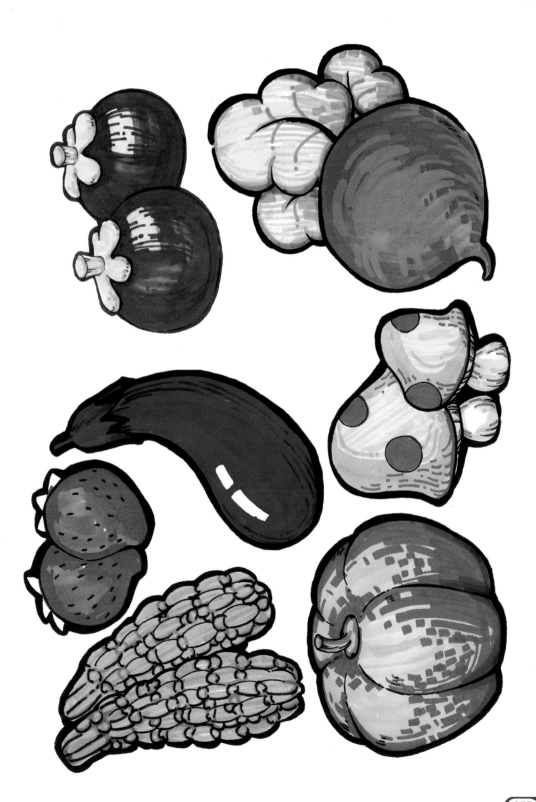

◯ 剪贴插图绘制

1 用一只公鸡做拼贴示范。首先准备好一支勾线笔、一把剪刀、胶棒和彩纸，需要的工具很简单，大家都可以动手尝试一下。

2 先画出一个卡通公鸡的造型，形象尽量概括。

3 用剪刀把公鸡的头和身体等部位剪下来，并在不同颜色的彩纸上描出相应的形状。

4. 把不同颜色彩纸上的公鸡各部位的图形剪下来。

5. 用胶棒把剪下来的图形粘贴好,这张卡通公鸡就完成啦!

下面提供一些剪贴插图的范例，以方便大家练习和参考制作。

POP 电脑插图

电脑插图绘制

随着科技的发展，电脑绘制POP的人越来越多，对于初学者使用电脑绘制插图的好处是可以反复修改，任意搭配颜色让你的创意和灵感得到最大的发挥。

下面通过两个实例来演示一下。

1. 在Photoshop里新建一张纸，在工具栏选用钢笔路径工具。用钢笔路径勾出图的轮廓线部分，注意路径尽量封闭，以方便后面填色的步骤。

2. 用黑线给钢笔路径描边，使路径转换成线条。

3. 在线稿层下面新建一个图层，用选区工具选择要填色的部分，然后铺大色块。

4. 用路径工具勾选出需要增添阴影颜色和加强颜色细节的部分，用相应的颜色填充。

5. 为男孩加上白色眼镜同时在头发上加入高光。

6. 加上彩色的轮廓线，增加人物的立体感。这张画就完成了！

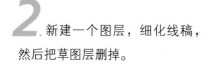
新建一张纸，在Photoshop
工具栏里选择画笔工具，用手写
板画草图。

2. 新建一个图层，细化线稿，
然后把草图层删掉。

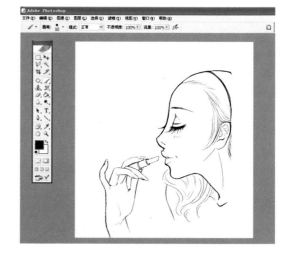

3. 在线稿层下面新建一个图
层，用手写板铺上大颜色。

4. 细致刻画人物脸部阴影和高光，使人物增加真实感并画上背景。

5. 用橡皮工具修饰边缘，这张画就完成了。

下面提供一些电脑插图的范例，以方便大家练习和参考制作。

七、POP海报制作

POP 白底海报

　　白底海报是指在白色纸张上进行绘制的海报，因为白底海报能忠实地将马克笔的颜色完完整整地表现出来，所以不会造成吃色或变色情况的出现，同时，白底海报也是初学者最容易上手的一种海报表现形式。

1. 首先在桌子上铺上一张4开的白色广告纸，大致规划下海报的版式。

2. 然后用油性马克笔开始书写主标题。

3. 用勾线笔勾出标题字的外框。

4 用两种蓝色的马克笔在标题字的轮廓外描边，使标题字更加醒目生动。

5 为了避免画插图时出错，影响整个画面，可以在另外一张纸上画插图，色调要和标题字相统一。

6 用美工刀或剪刀把完成的插图剪下来，插图边缘留些白边会好看。

7 用胶水或双面胶把插图粘到画面的右下方。

8 在插图的周围再画上些阴影使可爱的小牛更有立体感。同时为了让整个画面更丰富更有艺术感，可以在标题字的周围画上简单的装饰，千万不要过分装饰，否则会影响文字的阅读性。

9 在画面左边画上简单的边框。

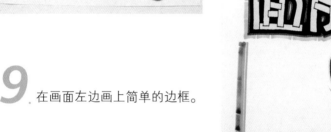

10 用三种颜色的马克笔在边框内书写正文，目的是让读者更醒目地看到内文的含义，一张白底海报就完成了。

POP 彩底海报

彩底海报是指在彩色纸张上进行绘制的海报，因为它拥有丰富的色彩变化，对于格调要求较高的节庆类的海报最为适合。它主要是用剪贴的形式制作，所以也增强了手绘POP海报的立体感觉。

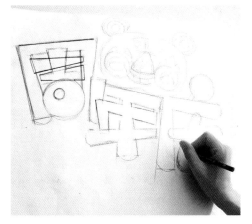

1 首先在白纸上用铅笔画出标题图的草稿。

2 用粗头勾线笔将标题图外轮廓有节奏地、一段一段地加宽，这样可以增加标题图的动感和时尚感。

3 用绿色的水性马克笔再描下标题图的外轮廓。

4 用水性马克笔先画
出老虎的头。

5 用橘红色水性马
克笔将文字内部装饰
成波浪状。

6 然后用黄色水性马
克笔画出渐变效果。

7 用美工刀或剪刀把完成的标题图剪下来，插图边缘留些白边会好看。

8 因为是很喜庆的海报，所以选择了一张红色的广告纸作为背景纸，但红纸上写的字不是很醒目，所以在红纸上又加上一张黄色广告纸，这样层次也会丰富些。

9 用红色马克笔写出副标题同时画出阴影，增加文字的立体感。

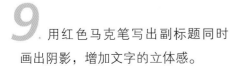

10 用两种颜色的笔写出说明文字，同时画上装饰框。

11 一张彩底海报就完成了。

POP 电脑海报制作

　　随着现代社会电脑的普及，电脑POP也成为一种越来越常见的海报形式。电脑POP不像手绘POP，学习时间长，创作难度大，利用电脑里的一些功能可以很方便地制作出精美的POP海报。

　　下面介绍一下制作POP常用的几款软件。

Adobe illustrator

　　矢量绘图软件是标准矢量插画软件，在生产、印刷、出版设计或专业插画、多媒体图像等方面都能应用。它的图像精度和可控制度，适合任何项目设计。

Photoshop

　　图像处理软件，是一款非常强大的图形应用软件。它拥有图像编辑、图像合成、颜色校对调整以及特效制作等功能，涉及领域非常广泛，作为美术设计人员，它是一款必须掌握的软件。

CorelDRAW

　　矢量绘图软件，具有高超的文件兼容性。应用界面设计舒服，操作精致细腻，并且设有完整的绘图工具，可以为设计人员提供最大程度上的便利。赏心悦目的Wed图形也是精彩的亮点之一。

本书以Photoshop制作POP为例。根据使用工具的不同，通常分为两种方法，先例举使用钢笔路径工具的绘图方法。

● Photoshop钢笔路径工具

1. 在Photoshop中新建一张白纸，尺寸根据个人的想法自定就可以，分辨率设定为300。先把整个海报的版式定下来。

动 漫 设 计 有 限 公 司

2. 版式设计好以后把主标题的字先摆上去。

3. 再把画好的插图放在相应的位置。

4 写上说明文字。因为整个海报是趋于卡通类的，字体不要太板，选用了方正粗圆简体字。

5 为了画面好看，在副标题下面加些装饰图形。

6 最后加上联系方式。为了让字体更鲜明突出，在联系方式下面加上桃心的图案。

八、POP海报欣赏

新风尚手绘画堂

.精品手绘POP制作与应用.

.精品插画.故事漫画制作

漫画主讲人:吴帷甫老师.

POP主讲人:尹国威老师.

QQ:910748252

新风尚带你一起

动了情

动漫夏令营

开始报名啦

报名时间：3月15—4月15

联系QQ：91074852

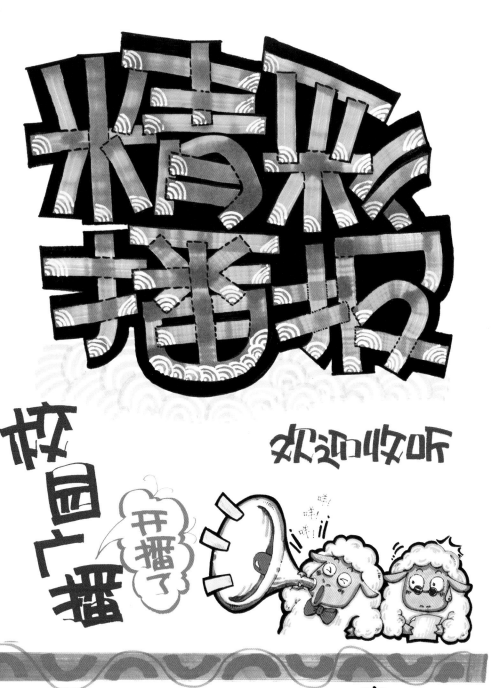

大中海鲜

特价优惠：
每日一鲜：85元
∽新风光海鲜批发∽ 每斤：

美味新主张

情侣套餐

58元

美食广场

土豆粉.5元.
牛肉面.7元.
什锦火锅.38元/份.

葱香美味 口感十足

香葱包子

ZuiXinJingDianPOPShiZhanXiangJie

招聘

酒水促销员

要求：女性

18-23岁
有亲和力

有工作经验者优先

水果蔬菜

超市今日特价

香蕉每斤：2元，
西瓜每斤：3元，

延年益寿保太平
劝君饮酒须适量
酗酒闹事祸端生
借酒消愁愁中重
青梅煮酒论英雄
李白斗酒诗百首
千古佳话醉部作
美酒本康始造成

爱色天乱为真人
敬告世人要珍重
吕布贪色丧人伦
董卓为色丧终身
西施为主献终身
昭君和番平战乱
琴瑟发之乐天伦
自古才子喜佳人

临终誰带一妙文
雖金和玉钱万贯
只弟为財两离分
朋友因財把仇結
富居深山有远亲
穷坐街头无人问
钱财易动众人心
財是人间养命根

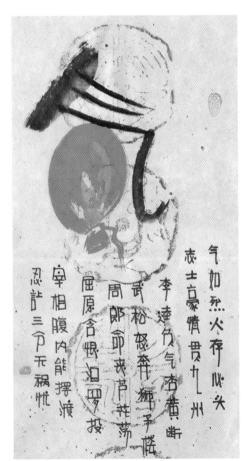

忍許三分无祸忧
宰相腹内能撑渡
屈原含恨投汩罗
周郎命丧芦花荡
武松怒气奔狮子楼
李逵分气杏黄断
志士豪情贯九州
气如烈火存心头

POP 电脑海报欣赏

爱幻想

系列化妆品

洗发水：88元

护发素：80元

特价

沐浴露：50元

精品乳液：90元

修颜面膜：60元

生日快乐

礼品屋

购物满20

送

精美礼物